상처는 시간으로 아물지만

기억은 저장되어 있다

Time will heal but Memories last

상처는
시간으로 아물지만
기억은
저장되어 있다

차례

이 상처가 아무는 데 7년이 걸렸다. PTSD(Post Traumatic Stress Disorder) 나의 아픈 기억을 이전엔 건드릴 수가 없었다. 온몸을 가시나무 떨듯 떨어 아무 일도 할 수 없었다. 그냥 눈물만 흐른다.

인생 2막은 모국에서

지금으로부터 10년 전 들뜬 마음으로 인천 공항에 도착했다. 아, 서울의 냄새, 다이내믹한 사람들의 움직임! 나의 모국에 행복한 모습으로 도착했다. 37년 동안 미국 캘리포니아에서 Bank of America를 시작으로 여러 은행에서 직장생활을 하고 빠른 은퇴 계획을 한국에서 해보려는 마음으로 Korean American F4 비자를 받아 귀국했다.

대전이 한국의 중간이기도 하고 주택 가격도 괜찮아 보여서 여행하기도 좋을 듯하여 버스 투어를 하다 깨끗해 보이는 정부청사 앞에 내렸다. 근처 공인중개사 사무실에 들어가 살 집을 물어보니 35평형 아파트를 보여주었다. "아, 저는 혼자라 짐도 없고 가방 하나라서 너무 큰 거 말고 아담하고 깨끗한 곳이면 좋겠습니다."라고 하니, 오피스텔 앞에 경치가 마치 뉴욕 센트럴 파크같이 파노라마 파크 뷰가 한눈에 확 들어오는 근사한 곳을 보여주셨다. "아, 이곳이 맘에 듭니다." 경치가 근사한 오피스텔이었다. 난 이곳에서 인생 2막을 준비했다.

오피스텔 세 채를 사서 한 곳은 세를 받고, 한 곳은 내 주거, 다른 하나는 영어 카페를 운영해야겠다고 생각하며 계약했다. 매일 반려견 멀티, 푸, 코코와 함께 집 앞에 있는 공원에서 산책을 즐기며 여유로운 생활을 시작했다. 주변에 외국인 한 분은 수학자들 모임으로 어떤 사람은 프랑스 화가 그림을 대전에 전시했다고 한다. 오가는 사람들도 많아 자주 공원에서 마주치면 무슨 일로 한국에 왔는지 어디서 왔는지 나는 호기심도 많고 사람을 좋아하는 성격이라 대화도 하고 이런저런 대화를 하며 삶의 짐을 내려놓고 자유를 만끽하는 시간이었다. 막내아들이 미국 켈리포니아주립대학을 졸업한 후부터 난 자유로워졌다.

하루는 공원에서 영어를 자유롭게 하는 날 본 이를 나중엔 '로즈마리'라고 불렀다. 좋은 향기 나는 사람. 지금도 생각나고 그립다. 어느 날 로즈마리가 남편이 석사 과정을 밟는 2년 동안 미국에 살다 왔는데 영어가 안 된다고 아들의 영어 회화 수업을 부탁했다.

한두 달 후부터 수업을 받으러 오는 아이들이 초등학생부터 대학생까지 많아졌다. 학생들이 4명씩 팀을 짜 회화 수업을 분야별로 나누고 상황을 설정해서 회화 수업을 즐겁게 했다. 내가 지도한 고등학생은 적십자 영어 말하기 대회에 나가 최우수상을 받기도 했다. 대학생들은 주로 토요일에 수업했다.

나는 주부들과 친구같이 지내려고 엄마 반은 여행 영어 위주로 커리큘럼을 구성했으며, '영사모'라는 모임을 주선했다. 일주일에 세 번씩 수업 후엔 맛난 점심도 먹으러 다니고 영어 모임을 시작했다. 오후엔 학생들이 방과 후에 오고 오전엔 주부들이 오니 외롭지 않았다. 40대 중후반 엄마들의 수다 타임도 즐겁고, 시끌벅적한 시간을 즐기며 마냥 한국에 오길 참 잘했다고 생각했다.

제인은 회화 수업에 오는 걸 무척 즐거워했다. 올 때마다 간식거리며 특별한 음식도 가져와 분위기를 더욱 따뜻하게 했다. 취미 생활로 케이팝 댄스 대회에 나갈 준비를 하면서, 2주 동안 같이 연습하고 식사도 하며 신나는 경험을 했다. 동네 대회도 나가 미국에서는 생각지도 못한 즐거운 경험을 하고 에어로빅, 수영 등 운동을 하며 한국의 생활에 만족했다. 이렇게 나날이 평화롭게 흘러가고 있었다. 한국에 오길 잘했다 생각했다.

내가 사는 오피스텔 1층에 젊었을 때 한국에 있는 외국 은행에서 일했다는 공인중개사인 나 씨를 알게 되었다. 남편이 생전에 공학박사였는데, 나 씨가 수십 채의 오피스텔을 샀으나 분양이 안 되어 투자한 노후 자금을 날렸다고 한다. 남편분은 스트레스로 암을 선고받은 후 6개월 만에 세상을 떠났고, 그녀는 남편을 그리워했다. 그 이야기를 들려주는 동안 쓸쓸해 보였다. 나 씨와 나는 같은 건물에 살고 서로 싱글이라 가깝게 지내게 됐다. 저녁도 같이 상가에서 가끔 하며 반주도 나누며 살아온 지난날들을 이야기하며 이런저런 인생 이야기를 나누곤 했다.

날씨가 좋은 어느 날이었다. 미용실에서 머리를 하는데 할 이야기가 있다고 공인중개사에게서 전화가 왔다. 머리를 한 후, 나 씨의 사무실에

들렀다. 내게 메신저로 사진을 보여주며 이름이 ○○○인데, 카이스트에서 연구원으로 지냈다고 했다. 현재는 강원도 바닷가의 트레일러에서 투숙하는 대여 사업을 준비 중이라고 했다. 그 사람에게 3개월만 내 오피스텔을 빌려주면, 이후에는 돈이 들어올 곳이 있으니 내가 사는 오피스텔을 여러 채 살 것이라고 말했다. 얼마 후 그를 사무실에서 만났다.

양의 탈을 쓴 늑대가 내 곁으로

　그는 진짜 교수같이 조용했고, 금테 안경을 쓴 깔끔한 차림새였다. 얼마 후, 그는 부탁을 들어준 나에게 고마움을 느껴서 저녁을 대접하고 싶다며 전화를 걸어왔다. 또한, 나는 외국 생활을 오래 했으니 한국에 대해 모르는 게 있을 거라며 도움이 되고 싶다고 친절하게 말했다. 저녁을 먹으며 한국에서 소나타를 3천만 원에 구매했는데 1년 탄 후 등록비가 나왔는데 왜 이리 비싼지 물어봤다.

　미국에서는 벤츠나 BMW같이 사치성 차량을 등록할 때나 이런 비용을 내는데, 한국은 미국의 사치성 차량 등록 비용이나 소나타 등록 비용이나 비슷했다. 한국은 모든 비용적인 측면에서 로스앤젤레스보다 저렴했다. 그래서 한국 생활이 좋았다. 미국은 많이 벌어도 지출이 커서 저축하기가 여간 어려운 게 아니었다. 사실 난 차도 별로 탈 일 없이 세워두는 상황이어서 좀 아깝다고 생각했다.

　그는 교회도 나가고 있어서, 나보고 일요일에 바쁜 일이 없으면 그가 다니는 교회에 같이 나가자고 했다. 교회는 내가 거주하는 곳에서 가까운 곳이었다. 그는 나를 목사님 부부에게 소개해주고, 밥도 먹고, 여러 사람을 소개받고 인사도 나눴다. 나는 그가 교회도 열심히 다니는 착한 사람이라고 생각했다. 양의 탈을 쓴 늑대가 교회 안에도 있다. 그 사람 옆에서 예배를 보는데 문자가 왔다. 곁눈으로 보니 "너 또 빵에 가고 싶니?" 하는 문자였다. 예배 후 내가 물었다. "빵이 어디예요?" 그는 나의 물음에 답하지 않았다. 난 이게 무슨 말인지 몰랐었다.

그는 강원도에 있는 카지노에 저당 잡힌 차량을 매입해서 저렴하게 판다고 했다. 그러니 지금 내가 가진 차를 본인이 아는 업자에게 팔고, 자기에게 300만 원만 달라고 했다. 그렇게 하면 내가 지금 타는 소나타와 같은 급의 차량을 더 저렴하게 구매할 수 있고 현금도 생긴다고 했다. 나는 그가 사업을 하는 사람이기에 그저 아는 것이 많다고만 생각했다.

또, 그는 방탄 마스크처럼 생긴 스케치 그림을 보여줬다. 특허 등록을 마친 상태인데, 앞으로는 이런 마스크를 전 세계인이 써야 할 것이라고 했다. 그리고 벌 모양의 드론을 개발하는 중인데, 그것은 벌처럼 날아가서 독침을 쏴 원하는 대상을 제거하는 용도라고 했다. 나는 그가 카이스트의 연구소장을 역임했다고 해서 '내가 모르는 이런 일을 하는구나.' 하며 대단하게 생각했다.

이후 나보고 한국 여자랑은 정말 다르다고 했다. 한국 여자들은 돈 많은 사람만 좋아하는데, 욕심이 없는 사람은 처음이라며 나를 알아 인생을 다시 생각하게 됐다고 말했다. 그는 억울하게 알던 여자가 거짓으로 고발해서 억울하게 감옥에 갔었다고 하며, 그 여자를 찾아서 신나라는 걸 얼굴에 뿌리고 싶다고 했다. 신나가 무어냐고 물어보니 그걸 뿌리면 얼굴이 타들어 간다고 한다. 너무 놀랐다. 미국 뉴스 방송에서 봤던 인도 여성 얼굴이 떠올라 끔찍한 생각이 들었다. 미국에선 신나라는 것을 들어본 적이 없다. 많이 억울한 거 같지만, 차라리 법에 호소하지 그런 생각은 하지 마시라고 했다.

그리곤 곧 돈이 들어오는데 결혼해준다면 선물로 1억 원을 주겠다고 했다. 계좌번호를 주면 바로 5천만 원을 입금해주고 혼인신고 후 5천을 더 입금해준다 했다. 왜 나에게 돈을 주는 거냐고 하니 그냥 '선물'이라고 했다. 그리고 본인과 결혼하면 미국 가서 자기가 개발하는 것들을 그곳에서 알리고, 시미밸리(Simi Valley)에 가서 사업을 하고 싶다고 했다. 2주 후부터 돈이 풀리는데, 2주마다 투자자들에게서 1억씩 들어온다고 한다.

난 "저는 돈이 필요 없는 데요."라고 했다. 나는 그에게 전남편이 서울에서 준재벌이라 부유한 사람이었지만, 행복하지 않았고 외로웠다고 했다. 돈보단 마음이 따뜻하고 알콩달콩 서로 사랑하며 솜사탕같이 구름 위를 걷는 그런 사랑을 원한다고 했다. 그리고 돈 많은 사람은 주변에 여자도 많고 바빠서 시간도 없어 나와 함께할 시간이 없고, 내가 얼마나 외롭고 힘든지 신경 쓸 시간이 없더라며 난 한국에 가족도 없고 해서 부자는 외롭게 해서 흥미 없다고 했다.

며칠 후 나는 그가 말한 대로 하기 위해 내 소나타를 건네주었다. 영사모(영어 모임) 엄마들이 "선생님, 혹시 사기 아니에요?"라고 물었다. 나는 왜 사람들이 그를 의심하는지 그때는 이해하지 못했다. 거짓말하면 나중에 들통날 테고 창피할 텐데 말이다. 그리고 '내 세입자인데 설마 그러겠어?'라고 생각했다.

일주일이 지났는데 아무 말이 없고, 차량을 처분한 금액도 안 주고, 갖다주겠다는 차도 없고, 월세도 말이 없어서 물어보니 갑자기 큰소리로 자기가 얼마나 바쁜 사람인 줄 아냐며 버럭 화를 내 깜짝 놀랐다. 나는 금요일까지 시간을 준다고 하고 그때까지 안 주면 경찰서에 가겠다고 엄포를 놓았다.

악몽 같은 지옥을 경험한 날

　그날은 11월 11일, 주부 영어 모임이 있었던 날이다. 끔찍한 날이다. 제인이 빼빼로 데이라며 초콜릿을 한 박스씩 나눠 주었다. 제인은 젊었을 때 다이어트를 심하게 한 후유증으로 루푸스병(자가 면역 질환)을 앓고 있는데, 유난히 영어를 잘하고 관심이 많았다. 이 병은 나이는 33세인데 신체 나이는 80대라 척추가 온전치 않아 척추 마디마다 시멘트를 넣고, 갑자기 쓰러지면 서울대 병원으로 갔다. 건강이 괜찮은 날은 영어 모임에 오는 것을 무척 즐겁고 행복해했다. 항상 무언가 가지고 챙겨와 나누고 있었다.

　성인 수업은 7~8명 정도 함께 하는데, 그가 들어와 언제 수업이 끝나냐고 물었다. 그래서 조금 후 11시 45분에 끝난다고 하고 나는 '경찰서 간다고 하니 문제를 해결하러 왔나보군.' 하고 생각했다. 그런데 갑자기 점퍼 주머니에서 까만 장갑을 꺼내 천천히 끼더니 안쪽 점퍼 주머니에서 칼을 꺼내 들었다. 얼굴이 완전 다른 느낌이었다. 눈빛이 달랐다. 순간 함께 있던 분들이 놀라서 맨발로 뛰어 밖으로 도망치며 혼비백산했다.

그는 문밖에서 까만 쓰레기통에 무슨 액체가 담긴 걸 확 들고 뛰어 들어와 내게 확 뿌렸다. 난 너무 놀라 책상 밑으로 기어들어 가 책상 밑에 있던 쓰레기통을 머리에 뒤집어쓰고 쪼그렸다. 전에 들은 신나가 생각나 '안 돼, 안 돼!' 하며 이리저리 어쩔 줄 몰라 했다. 얼굴을 만져보니 아프진 않고 휘발유 냄새가 났다. 그리곤 또 통 하나를 들고 오는 찰나, '저게 그때 들은 신나라는 건가?' 하는 생각에 밖으로 뛰쳐나가 엘리베이터 쪽으로 도망가는데 온몸이 휘발유에 젖어 미끄러져서 넘어졌다. 그놈에게 잡혀 복도 바닥을 누운 채로 끌려오며 "사람 살려! 사람 살려!" 소리를 쳐도 아무도 나오지 않았다. 점심시간이라 모두 밖으로 나간 건지 아무튼 아무도 없었다.

그는 통 하나를 더 들고 들어와 오피스텔 안에 전부 뿌렸다. 문을 안에서 돌려 잠그고 누구든 들어오면 나한테 불을 붙이겠다고 소리를 질렀다. 순간 화장실로 뛰어 들어가 문을 잠그려 하는데 너무 긴장해서 자꾸만 손이 미끄러졌다. 그 순간, 그 사람이 발로 문을 차 문이 부서지며 손가락이 부러지며 자빠졌다. 넘어져 있는 나를 발로 차며 마구 발로 온몸을 짓밟았다.

난 순간 이건 '꿈일 거야. 악몽일 거야.' 그런 생각을 했다. 산 채로 불에 타 죽을 순 없었다. 내가 이렇게 죽으면 내 아들들이 얼마나 슬플까. '정신을 차리자.' 난 순간 호랑이에게 잡혀가도 정신만 차리면 살 수 있다고 되새겼다. 그래서 순간 "왜 이러나요? 내가 당신한테 뭘 잘못했나

요?" 나지막하게 두 마디 했다.

그러더니 폭행을 멈추고 밖으로 나가 공원 쪽 창밖을 보고 있다. 그때 난 온몸이 휘발유에 젖어 조금만 움직여도 온몸이 미끄러웠다. 그렇기에 문까지 소리를 내지 않고 누운 상태로 몸을 밀 수 있었다. 온몸을 비비며 문 쪽으로 살살 팔을 뻗어 도어락을 돌리려는 찰나, 문이 확 열리며 누군가가 나를 밖으로 잡아당겼다. 다른 남자 한 명은 소화기를 들고 뛰어 들어와 그놈 얼굴에 발사했다. 그놈은 소화기 한 통을 하얗게 뒤집어쓴 채로 제압당했다. 나를 도와준 분은 아래층에 있는 젊은 칼국수집 주인이었다(이분은 나중에 용감한 시민상을 받았다).

나중에 안 사실인데, 수업 중 달아난 엄마들이 내가 잘 가던 칼국수집 주인에게 상황을 알려서 그분이 손님 한 명과 같이 올라왔다고 한다. 그런데 엄마들이 알려준 비번을 눌러도 안에서 돌린 잠금 장치 때문에 못 들어오고 밖에서 있었는데, 마침 그때 내가 그걸 돌려서 살았다. 난 무슨 정신으로 로비까지 뛰어갔는지도 기억이 나질 않는다. 쓰러지고 나서 보니 온몸이 피로 범벅이었고, 팔 한쪽은 빠져서 길게 늘어져 저 만쯤 가 있는 거 같이 보였다. 그리고 나는 기절했다. 그렇게 나는 죽음의 문턱에서 살아났다.

경찰은 한 시간쯤 뒤에야 왔다. 점심시간이라서 그랬나? 두 팔과 온몸이 부서졌다. 양팔에 깁스하고, 휘발유로 젖은 몸을 소독약으로 씻어내고 여기저기 피멍 든 몸이 정말 미라같이 보였다. 아무것도 할 수 없고 먹을 수도 없었다. 온몸이 아파서 꼼짝할 수가 없었다. 그렇게 폭행을 당했는데 나는 살았다. 병원에 누워 있는데 눈물이 한없이 쏟아진다. 내 어머니의 나라에 와서 이게 도대체 뭔 일인가! "한국에 가서 어떻게 살려고 해." 했던 친구들의 말이 생각났다. 그때 내가 한 말이 얼마나 안일했나 싶다…. "왜 못 살아? 한국인 얼굴에 한국말 하는데! 미국에 와서도 잘 살아냈는데?"라고 자신 있게 했던 말이 후회됐다.

엘라인에게 문자가 왔다. "환불해줘요." 한 달 회비 5만 원이었다. 몸은 어떠냐고 아무도 안 물어본다. 찾아오는 이 없고 전화 한 통 없다. 하긴 나 때문에 죽을 뻔했으니 얼마나 놀랐을까 미안하면서도 슬프다. 그때, 아무 잘못 없었는데 그 모진 매를 맞고 돌아가셨을 예수님의 모습이 생각났다. 옆에 있는 환자들은 찾아오는 사람들도 많았다. 성당 사람, 교회 사람 등등. 나는 외롭고 또 외로웠다. 온전히 홀로였다.

3일 후, 미국에 있던 아들들은 내 소식을 듣고 급하게 새벽 비행기를 타고 왔다. 너무 반가워. 좋았다. 아들들은 학위를 받는 중이라 3일 후 학교로 돌아가야 했다.

깊은 슬픔과 절망 속으로

　나는 미국 국적에 오피스텔을 세 채 소유해서 보험료가 비싸 부담스러워 보험을 해지해서 병원비가 많이 나왔다. 이젠 모든 수업도 더는 할 수 없었다. 트라우마가 심해서 정신이 온전하지 못하다.

　나한테 왜 이런 일이…. 나는 사람을 좋아하고 하루에 한 번 모르는 이에게 친절 베풀기를 좋아했다. 하루 못 했으면 다음 날 두 번을 하겠다고 마음을 먹었고 그러면 행복해졌다. 친절을 베풀 기회가 없으면 시장에 가서 바닥에 앉아 계시는 어르신들의 물건을 팔아드렸다. 큰돈 드는 일도 아니고 이것 또한 내가 할 수 있는 베풂이라고 생각했다.

"Kindness is contagious."
친절에는 전염성이 있다.

　나의 롤 모델은 오드리 헵번이라서 평소에 그녀의 말과 행위를 기억하며 살았다. "한 손은 나를 위해 쓰는 손이요, 다른 손은 남을 위해 쓰는 손이다." 나는 그 말에 감동해서 아들에게도 비슷한 말을 했다. "어렵거나 너보다 약한 위치에 있는 사람을 모른 척하고 그냥 가지 말렴. 잘나가는 사람은 너 아니어도 주변에 사람들이 많지만, 그렇지 않은 사람이 네 맘에 예수님일 수 있단다. 내가 손해 보면 마음이 편하다는 마음으로 살아야 해."

　그러나 이런 생각들은 다 부질없었다. 내가 이렇게 구렁텅이에 빠졌어도 내 주변에는 아무도 없다…. 마음도 몸도 지쳤다. 집에 혼자 있는 가여운 내 강아지는 나만 기다리고 있을 텐데 너무 미칠 것 같다. 강아지를 돌봐달라고 부탁할 사람도 없다. 둘이 행복했었는데 어쩌다 이 지경이 되었을까. 내가 무지했다. 세상은 절대 호락호락하지 않다. 내가 범죄의 피해자가 되니 다 나를 피한다. 아무도 내 주변에 있으려 하지 않는다. 난 그저 오지랖이 많은 사람이었다.
　며칠 후 병원으로 경찰청에 범죄 피해자 센터에서 J 경관이라는 사람이 찾아왔다. 나에게 한 줄기 희망의 빛을 보여준 사람이었다. 나에게는 그가 마치 천사 같았다. 이런저런 지원 센터와 심리적 안정을 찾을 수 있는 프로그램을 안내해주었다. 결국, 나를 인도해주고 손을 잡아준 건 사회의 제도와 시스템이었다. 참으로 고마울 따름이다.

심리 치료 중 하나

스마일 센터는 퇴원 후에도 계속해서 나에게 지속적인 관심을 보여줬다. 지금은 뭐라도 해야 내가 살 수 있다.

혼자서는 방구석에 가만히 있고 밖을 못 나간다. 트라우마⋯. 정신과 치료와 심리 안정 치료를 마쳐도 그곳에서 살 수가 없다. 저녁이면 그 장소에서 일어난 사건이 생각나 잠을 잘 수가 없다. 정서 불안 장애, 남자에 대한 공포심.

그날 이후로 나는 뒤에서 낙엽 떨어지는 소리만 들어도 놀란다.

불편한 삶의 시작

　모든 것을 급매로 정리한 뒤 그곳을 떠났다. 내가 한국에 왔을 때 가져온 돈보다 금액이 줄어들었다. 재산을 낭비하지 말고 지켜야 할 나이에 그러지 못했다. 돈은 세상으로부터 받을 상처를 보호하는 약인데….

　그가 구속된 후, 법원에서는 나를 증인으로 소환했다. 이름만 들어도 온몸이 떨린다고 청원서를 제출했는데도 무시하고, 같은 공간에서 담담히 증인 신분으로 이야기를 해야만 했다. 저 남자는 리플리 증후군을 앓는 사이코라고 말하고 집에 돌아 오는 길에 좀처럼 진정이 되지 않아 와인 한 병을 샀다. 온몸이 파르르 떨린다. 그 남자의 이름만 생각해도 몸이 떨린다.

　법정에서 알게 된 사실인데, 나 말고도 여러 다른 사람들이 고소한 상태였다. 그는 다른 사기 사건과 병합해서 살인 미수가 아닌 특수 폭행으로 기소되었다. 살인 미수는 사람을 흉기 같은 것으로 찔러야만 적용된다고 한다. 또한, 여러 사람에게 사기로 고소를 당한 상태였다.

재판이 다른 사기와 병합되어 일 년이 걸렸다. 그는 4년 6개월 형을 받았다. 나중에 안 사실이지만, 그 남자는 사기 전과 40범에 폭행 전과 4범이란다. 평생을 사기꾼으로 살았나 보다.

좋은 습관은 좋은 인격을 만들고 나쁜 습관은 나쁜 인격을 만든다. 그 말이 딱 맞는 것 같다. 반복적으로 사기를 치는 걸 보면 사기도 습관인가 보다.

사건의 전말을 알고 나니, 그가 내게 했던 행동들이 무엇을 위한 것인지를 깨닫게 되었다. 사기당한 여러 사람에게 쫓겨서 몸을 피하려고 내게 3개월만 오피스텔을 빌려 달라고 했던 것이고, 사람들에게 사기 친 돈을 빼돌리기 위해서 내게 선물이라는 명목으로 돈을 주겠다고 한 것이다. 나는 억울하게 차명계좌 돈세탁 범죄를 뒤집어쓰고 영문도 모른 채 감옥에 가 정신병자 신세가 될 뻔했다. 돈에 눈이 멀어 그의 제안을 수락했으면 정말 큰일 날 뻔했는데 그나마 다행이었다.

사람 말을 의심 없이 믿은 죄, 무지한 나…. 사람이 가진 양심의 두께가 저마다 다르다는 걸 온몸으로 배웠다. 참 바보다, 나는. 세상을 이렇게 배웠다. 이제는 착하다는 말이 곧, 바보라는 말로 들린다. 이젠 착한 사람보단 현명한 사람이라는 말이 듣고 싶다.

현명한 사람….

냉정한 현실과의 만남

너무나도 커다란 상처를 받아서 다시 미국에서 살고 싶었다. 한데, 집값이 올라서 내게 남은 돈으로는 안전한 동네에 살 집을 마련할 수가 없었다. 미국에 있는 언니에게 말했더니, 지금은 빈방이 없어서 어렵겠다고 했다.

주변에 경제적으로 잘사는 여동생이 있다. 참으로 사랑했던 동생이었다. 하지만, 결혼한 후에는 참 많이 변했다. 결혼하고 나이가 드니 옛날 같지 않다. 그 동생이 결혼한다고 할 때, 내 다이아몬드 목걸이로 동생 신랑 반지 만들어서 끼워주고 신혼 여행비로 모아둔 돈 500만 원을 주었다. 아까운 마음은 하나도 없었다. 그리고 즐거웠다.

내가 서울에서 다쳐 병원에 있을 때 보험이 없어서 병원비 900만 원 필요했다. 300만 원만 빌려달라 하니 남편에게 물어봐야 한다더니 그 뒤로는 연락이 없었다. 물어본다는 건 핑계였던 것 같다. 한 달 생활비로 1천만 원도 더 쓰는 애가 나에게 빌려줄 300만 원이 없었을까 싶다.

그 일은 정말 내 마음에 상처로 남았다.

상처를 받은 사람은 뼈에 사무치도록 기억하는데, 상처를 준 사람은
까맣게 잊고 사는 것 같다. 피를 나눈 형제들은 이제 내가 잘사는 집 며
느리가 아니어서 그런지 대하는 게 달라졌다. 젊은 날, 내가 잘살 땐 참
사이가 좋았는데 안 겪어 봤던 일들을 알게 됐다. 친구들 보기도 창피
했다. 자존감은 바닥을 쳤다.

가난해진 나

    결국, 나는 한국으로 다시 돌아왔다. 작은 방의 구석에서 지난날을 자꾸 회상한다. 어디서부터 잘못된 인생일까? 내게 남은 현금으로 전과 같은 삶은 살 수 없다. 남의 옷을 입은 것처럼 지금 내게 닥친 현실이 창피하고 어색했다. 영어 회화 수업도 더는 안 한다. 내게 사기를 쳤던 그가 형을 마칠 때가 되니 나는 또 불안함을 느끼며 잠을 이룰 수가 없었다.

    경찰서에서 전화가 왔다. 그 인간이 감옥에서 내가 50억을 횡령했다며 검사를 통해 고소했다고 한다. 얼토당토않은 이야기였다. 소나타 등록비도 비싸다고 생각한 나에게 무슨 50억이 있다고. 진술한 바로는 자기가 개발한 드론과 마스크를 내가 어떻게 어디다 팔았다고 한다.

    난 조사 받으면서 기가 막혀서 할 말을 잃었다. 잘못을 인정하지 않는 사람들이 제일 싫다. 죄는 미워하되 사람은 미워하지 말라 했는데, 뉘우침 없고 반성 없는 사람을 어떻게 이해할 수 있을까.

    나는 그 남자가 출소하기 전에 다른 도시로 이사하기 위해 가격이 보통 아파트보다 많이 저렴한 조합원 아파트를 알아보았다. 광고에서는 3년 후에 입주를 시작한다고 했다. 제법 큰 시행사고 해서 계약했다.

'그 남자가 출소하기 전에 다른 도시라 이주하면 되겠지.' 생각하고 지냈는데 아무 소식이 없다. 7년이 지난 지금도 아파트는 안 올라간다. 내가 사는 곳이 보안이 좋은 곳이 아니라 불안해지기 시작했다. 혹시 그 사람이 나를 찾아서 신나를 뿌리면 어쩌나 하는 생각에…. 아파트 라인 입구에 보안문이 있는 아파트로 가려니 융자를 해도 3천만 원이 부족했다. 나는 아들더러 아빠에게 연락해서 3천만 원만 빌려줄 수 있냐고 물어보라 했다. 그러자 그는 요새 코로나로 호텔도 적자라며 자리를 박차고 나가버렸다고 했다. 며느리에게 "너희 집에 좀 살 수 있을까?" 하니 "어머니, 우리 아들 안전이 중요해서요…."라고 한다. 아, 그렇지…. 그렇구나….

내 재산을 지키지 못해 비참한 마음이 든다. 손해 본 걸 되찾으려면 민사 소송을 해야 하는데 법률 상담을 하시는 분이 내게 이런 사람은 상대하기 어려우니 그냥 미국으로 돌아가라고 했다. 돈은 세상으로부터 받은 상처를 치료받을 수 있는 약인데….

일이 이렇게 되자 나는 경찰서에 가 신변 보호를 요청했다. 그의 조치로 스마트 워치를 제공받았다. 그걸 하니 불안증이 많이 감소했다.

정부에서는 범죄 피해자가 주거지를 옮길 수 있도록 이자 2%에 7천만 원까지 대출해주는 제도가 있는데, 나는 국적이 미국이라 혜택을 못 받았다. 미국에서는 한국 국민이 그런 혜택을 받은 사례가 없어서 반려된 것이다. 담당 검사는 진심으로 도와주고 싶어 했는지, "국적이 캐나다였으면 대출받을 수 있었을 텐데, 안타깝네요."라고 하며 아쉬워했다[1].

Give and Take Principal.

금전적으로 궁핍해지니 자존심과 자존감이 바닥을 치며 더 우울해졌다. 강아지와 걸으며 〈걱정 말아요 그대〉를 들으면 눈물이 나왔다. 힘들었던 시간에 많이 들었던 노래들이 있다. 백지영의 〈총 맞은 것처럼〉, 인순이의 〈거위의 꿈〉, 이미자의 〈여자의 일생〉이다.

아득히 머나먼 길을 따라 뒤돌아보면 외로운 길
비를 맞으며 험한 길 헤쳐서 지금 나 여기 있네.
내 꿈을 찾아 떠나온 나의 길이
슬픔의 눈물도… 나와 함께 걸어가는 노래만이….
-이미자, 〈노래는 나의 인생〉

이렇듯 노래를 듣고 〈엘리제를 위하여〉 등 피아노를 치며 위로의 시간을 보낸다. 가슴의 상처와 PTSD라는 아픔이 아무는 데 거의 5년이 걸린 것 같다. 처음엔 그저 죽지 않고 살아 있다는 것 그 자체가 버거웠다. 차

---

[1] 캐나다에서는 한국 국민이 도움받은 사례가 있어서, 한국에서도 캐나다 국적인 사람을 도와준다고 한다.

가운 현실로 인해, 묘지에 가서 앉아 주변을 둘러보자면 죽은 사람들이 부럽다는 생각이 들 때도 있었다.

하지만, 이젠 다시 행복할 수 있다. 기억은 흐려졌고, 내가 보람을 느끼면서 잘할 수 있는 일도 찾았다. 지금 내 주변은 서로 예쁜 마음을 나누면서 딱 필요한 만큼만 가지려고 하는 사람들로 채워졌다. 그래서 너무나도 행복하다.

나의 청춘, 미국에서 보낸 20대 때는 나날이 행복으로 가득 찼었다.

하지만, 결혼한 후부턴 그런 행복이 끝났다.

행복했던 20대

　LA 한인타운에 처음으로 FIB(First Interstate Bank)가 창립되었다. 나는 Bank of America에서 일하다가 FIB로 이직한 뒤로 한인타운에서 생활하게 되었다.

아버지는 은행 로비 책상에 앉아 근무하는 나의 모습을 자랑스럽게 생각하셨고, 친구들에게 항상 내 자랑을 하셨다. 미국의 은행은 로비가 반으로 나뉘어 한쪽으론 고급스러운 분위기로 사무를 보는 책상들이 있고 한쪽으론 창구가 쭉 있다. 한국하곤 분위기가 좀 다르다.

난 지점장의 추천으로 미스 남가주 LA로 출전했고, 22세 때 미스 남가주로 뽑혔다. 잊지 못할 추억이었다. 한국의 날 축제 땐 꽃차를 탔다. 퍼레이드를 위해 예쁜 드레스를 입고, 치장하고 미소를 지으며 행진한다. 그러면 사람들은 양쪽 길가에서 나를 보며 박수하고 환영해준다.

매일 은행 일을 마치고 퇴근한 뒤, 집에서 내일 입을 의상을 준비한다. 미국의 은행은 유니폼을 안 입는다. 매일이 나의 런웨이처럼 유난히 패션에 감각적이고 옷 입는 걸 좋아했던 나는 어딜 가나 사람들이 고개 돌리며 쳐다본다. 미국 사람은 "Beautiful Lady!"라고 하고 멕시코 사람은 "Mamacita!"라고 외친다. 난 이런 시선을 당연하게 여기고 즐겼다.

나의 첫 차는 빨강 스포츠카, 카마로(Camaro)였다. 아침에 출근할 때마다 "아, 행복해!"라고 외친다. 그냥 기분이 나날이 행복했다. 특별한 것도 없이 마냥 하루하루가 행복했다. 성격이 낙천적이기도 했고, 내가 무슨 말만 하면 미국 사람이나, 한국 사람이 빵 터진다. 나보고 너는 코미디언 해야 한다는 말을 많이 했다. 사람들의 나의 엉뚱한 면과 순진한 면을 좋게 봤는지, 별명이 형광등이었다.

호기심이 무척 많았고, 솔직한 탓에 무엇을 속에 감추질 못하는 성격이었다. 남미에 외교관으로 있다 미국에 오신 분이 내게 "비밀스러운 여성이 매력 있는 여성이야. 너는 너무 솔직해서 다가가기가 두려워."라는 말을 했던 기억이 난다. 난 이 말을 메모지에 적어 모니터에 붙여두었다.

어느 날, 은행 고객 한 분이 사람을 소개해주고 싶다고 했다. 워싱턴에서 석사 학위를 받고 한국에 돌아가는데, 집안이 준재벌이며 한국에 가면 정략결혼을 해야 한다고 했다. 하여, 원한다면 그에게 연락해서 LA로 올 수 있도록 하겠다고 전했다.

난 나쁘지 않은 제안인 것 같아 고객의 소개를 받아들였고, 저녁 식사를 함께하기 위해서 산타 모니카 해변의 식당으로 갔다. 대화를 해보니 역시 7살의 나이 차이와 15세부터 미국에서 자란 나와는 좀 안 맞는 것 같아 거절했다. 그러나 그는 내가 좋다며 어느 날 아침에 차창 위에 장미 꽃다발을 한가득 놓고 가기도 하고, 나를 못 봐서 너무 괴롭다며 술을 먹고 저녁에 찾아와서는 힘들어했다.

난 '내가 뭐 그리 잘났다고 한 사람을 이리 힘들게 하나.' 하는 생각에 그의 마음을 받아들였다. 우리는 서울에 와서 결혼식을 올린 후에 다시 LA로 돌아왔다. 그리고 그때 시아버지가 5억이나 되는 돈을 결혼 선물로 주셔서 내 계좌에 넣어두었다. 29세인 그는 결혼해야 할 나이였고 난 22살로, 우리는 7살 차이가 났다.

부자 남편과 결혼 생활

　우린 시댁에서 받은 5억으로 LIQUOR STORE MART와 건물을 함께 매매해서 사업을 시작했다(그 당시에 5억은 큰돈이라 한다). 그러나 이 사업이 나하고는 맞지 않았다. 긴 시간 아침부터 저녁 늦게까지 있는 게 재미없고 무서웠다.

　그 당시에 한국은 정경유착이 심했고, 정부에서 원하는 사업을 국유화하는 시대였다. 시아버지는 나라에 본인이 세운 회사를 빼앗겨 청와대 앞에서 시위를 시작하셨고, 놀란 남편은 아버님 걱정에 급히 서울로 갔다. 그 당시 나는 첫째 아들을 임신 중이었고, 미국에서 운영하는 사업을 돌봐야 했기에 함께 한국에 갈 수 없었다. 아마 혼자 있다는 불안감 때문이었는지 22살의 몸에 유산기도 있었던 걸로 기억한다. 배 속의 아기도 태교가 불안한 것 같았다.

　남편은 한국에 있는 재산 때문에 미국에 영주권 신청을 안 하고 방문사업 비자로 다시 들어오다 까다로운 입국 심사에 걸려 하와이에서 추방되었다고 했고, 하여 다시 서울로 돌아가야 한다고 전화가 왔다. 나는 임신 8개월째에 무거운 몸을 이끌고 하와이에 남편 얼굴을 보러 갔다. 남편이 그때 몹시 화를 내며 공항 벽을 주먹으로 치면서 "미국에서 살라고 해도 안 살아!"라고 했다. 주먹에서 피가 났다. 크고 뚱뚱하며, 무섭게 생긴 이민국 경찰이 침대 아래 의자에 앉아서 감시를 했다. 나는 그렇게 같은 방 안에 그렇게 하룻밤을 잤다.

내가 무작정 같이 서울로 같이 가겠다고 하니 비행기 좌석이 없어서 안 된다고 했다. 그 말을 듣고 나는 무릎 위에 앉아서라도 가게 해달라 부탁했다. 다행히 대한항공에서 자리를 마련해줘서 같이 서울로 왔다. 그때의 짧았던 행복감이 아직도 생각난다.

난 미국에 있는 가게 때문에 다시 바로 LA로 돌아와야만 했다. 몸도 만삭이었다. 난 심리적으로 불안해서 그런지 자꾸 전부터 유산기가 있었다. 아들 출산 소식에 서울에 계신 시아버지 목소리가 기쁨의 함성이 전화로 들려왔다. 시아버님이 펄쩍펄쩍 뛰며 좋아하셨다 했다. 나는 100일이 지나자마자 비행기 탑승이 가능해서 아들을 안고 서울로 또 왔다.

금 가기 시작한 사랑

젊은 부부는 떨어져 살면 안 된다는 어른들 말씀이 옳았다. 별거 아닌 별거로 우리 사이에 금이 가기 시작했다. 집안일 하는 가사도우미가 내가 미국에 가 있을 땐 내 화장대에 여성 화장품이 있다가 내가 오면 사라진다고 했다. 어느 날 한국에 왔을 때, 침대 사이로 내 것이 아닌 브래지어가 있어서 물으니 내 것이 맞다며 당황하는 남편의 모습을 보니 더 다그치기가 불편해서 그냥 넘어갔다(브래지어는 분명 내 사이즈가 아니었다).

시부모님은 참 좋으신 분들이었다. 난 친정 부모에게 받지 못한 사랑을 이분들께 받았다. 시어머님 댁에는 입주 가정부가 있었고, 또 조리사를 부르셨다. 너는 그냥 예쁘게 하고 앉아 있으면 된다고 하시면서, 가끔 압구정 현대 백화점에 데리고 가셔서 비싼 디자이너 옷을 입어보라 하시며 사주셨다. 시어머님은 아이 하나만 더 낳아 그냥 아이 키우며 살라 하셨다. 난 "하늘을 봐야 별을 따죠."라고 말했다.

남편은 매일 새벽까지 술 마시고 오고 아침이면 또 출근하여 나는 점점 외로움에 말라가는 한 송이 꽃처럼 슬픈 얼굴로 변해 갔다. 몸무게는

42kg가 됐다. 시아버님은 저녁에 내 집에 오셔서 피아노 연주도 들려주시며 "너는 우리 딸이야."라고 하셨다. 그러면서 참다 보면 곧 사십이라고 하신다. 난 내가 언제 어떻게 사십이 될까 생각했다. 그때 내 나이 스물셋이었다. 난 그 나이가 나랑 먼 남의 얘기 같았다. 아주 먼훗날의 일이라고만 생각했다.

어느 날은 시아버님이 기사와 아버님 차를 보내시며 아버님 을지로에 있는 건물로 오라고 하셨다. 맨 위층이 아버님 사무실이었다. 아마도 내게 빌딩을 보여주고 싶으셨던 것 같다. 사십 금방 된다며 조금만 참으면 이 건물이 곧 내 것이 될 거라고 했었다.

나는 기사가 딸린 차는 불편하고 편치 않았다. 도착해서 내릴 때가 되어 문을 열면 기사 아저씨 더 빨리 내 쪽으로 뛰어와서 미안했다. 그냥 가만히 기다린다. 내가 문을 열 수 있는데 기사가 더 빨리 뛰어오는 게 미안해서 불편했다.

시아버님은 당신을 위해선 모든 것을 아끼시는 분이셨다. 당신의 자식들을 위해선 아낌없이 내어주시고 당신을 위해선 철 따라 양복 한 벌로 입으시고 구두엔 진짜로 바닥 닳지 말라고 쇠를 박아 신으셨다. 항시 부조금이나 결혼식 축의금은 사절이라고 붙여놓으셨다.

내게 말씀하시길, 우리나라는 기름 한 방울 안 나오니 차를 타고 나갈 때는 한 가지 일만 보지 말고 적어도 세 가지 일을 보라고 하셨다. 내가 남편과 헤어져 미국에서 생활할 때 꿈에 시아버님이 쓸쓸하게 뒷짐 지고 동호대교를 압구정동 쪽에서 옥수동 쪽으로 걸어가시는 꿈을 꾸었는데, "부고란"을 보았다.

남편은 부자고 술을 좋아해서 룸살롱 같은 데를 자주 갔다. 매력 있고 애교 많은 여성들을 보니 맘이 그쪽으로 간 것 같다. 아침에 출근하는 남편 목을 잡고 안아달라 조른다.

내 나이 12세에 친정엄마가 갑자기 돌아가셨다. 부모님 사랑을 못 받아서 그런지 유난히 남편의 사랑에 집착했던 것 같다. 남편의 사랑을 받지 못해 저녁이면 쓸쓸하고 외로워서 그냥 힘이 없었다. 시부모님께 미안해서 4층 아파트에서 뛰어내릴까 하는 생각도 하고…. 어느 날 나는 손목을 그어 5살인 아들더러 할머니에게 전화하라고 하여 시어머님이 오셨다. 시어머님이 남편에게 전화해 들어오라고 하자 그제야 남편이 집에 들어왔다.

내가 손목을 그었다고 말하니 표현 없는 남편은 아무 말 없이 방으로 들어간다. 난 너무나 완벽한 시부모님 사랑이 있어도 남편 사랑이 없어서 메말라 가고 있었다. 그냥 기운 없이 멍하니 손잡고 다니는 커플만 눈에 들어온다. 난 돈보다 사랑이 필요했다. 남편은 내게 한 달 생활비로 100만 원을 주며 돈에 맞춰 사는 걸 배우라고 했다. 낭비가 심하다면서. 시아버님은 아들에게 "리나와 이혼하는 건 절대 안 된다! 만약 이혼하면 모든 재산을 사회에 환원할 거다!"라고 항시 말씀하셨다. 아무리 생각해봐도 부잣집이라고 해서 계속 이곳에 남는다는 내 미래가 비참할 것 같았다. 그래서인지 결국 '이건 아니야.' 하며 미국으로 돌아왔다.

　내 남동생은 어려서부터 아들이라고 오냐오냐 커서 위아래도 모르는 망나니다. 우리 집안에 이혼은 없다며 윤씨 자손에 민씨 어머니를 말하며 "우리 가문에 이혼은 없어. 차라리 죽어!" 하며 바닥에 자빠트리곤 발로 목을 밟았다. "차라리 죽어!"라며 누나인 나를 발로 밟았다. 아마도 부잣집을 포기하고 온 게 싫었나 보다. 내가 가난한 남편과 이혼해도 그랬을까?

　중동 나라에서 일어난 일들이 생각났다. 가족 명예 살인. 가족 구성원 중 여자가 강간을 당하거나 이혼하면 수치스럽다며 죽이는 그런 현상을 말한다. 난 가족 명예 살인이나 다름없이 행동하는 동생이 너무 분해 법원에 접근금지 신청을 했다.

　돈, 돈, 돈…. 결국, 돈 많은 사람과 헤어진 게 싫었던 것이다. "돈을 사랑함이 일만 악의 뿌리가 되나니 그로 인해 사망에 이루었도다."라는 말이 생각났다.

젊음의 열정으로

　친구들을 만나 클럽에서 술을 마시고 춤을 춘다. 친구들은 아직도 미혼이 많았다. 28살인 나는 아직도 젊고 인기가 있었다. 거기서 전에 알던 착한 남자를 만나게 됐다. 성격도 착하고 훤칠한 외모의 남자였다. 우린 잘 어울리는 커플 같았다. 나는 한국에서 있던 힘든 마음의 이야기를 쏟아냈다.

　그리고 하룻밤을 같이 보냈다가 덜컥 한 번에 임신이 됐다. '이건 하나님이 주신 거야'라고 생각했다. 한국에 돌아가지 말라는 신호 같았다. 아이를 지울 생각은 전혀 안 했다. 이렇게 나의 귀한 둘째 아들이 생겼다. 이 일로 자연히 이혼을 하게 되었고, 시아버지는 재산을 사회에 환원하지 않으시고 아들에게 물려주셨다.

　나는 트럭에서 살아도, 된장찌개만 먹어도 사랑만 있으면 행복할 수 있다고 생각했다.

양육권 전쟁

이혼한 뒤에 양육권 싸움이 시작됐다. 남편이 서울에서 나를 만나러 찾아왔다. 아들을 한국으로 보내면 일 년에 한 번씩 방학 땐 보낸다고 하며 각서도 쓰고 서명도 해줬다. 생각해보니 서울에 가면 귀한 장손인데, 미국에서 없는 사람과 있으며 아들을 키우는 게 좋은 선택이 아니라 생각해 아이를 한국으로 보냈다.

하지만 약속은 지켜지지 않았다. 성적이 안 좋아서 가정교사를 붙여야 하니 시간이 안 된다며 미국에 보내주지 않았다. 나는 아들이 보고 싶으면 어디든 쌀을 씻다가도 부엌에 앉아 울었다. 소리 내어 엉엉 운다. 둘째 아들만 보고 싶어 하고 사랑하기에도 큰아들에게 미안한 맘에 괴로울 정도로 서울에 있는 아들이 보고 싶어 가슴이 쓰리다.

운전하다가도 갑자기 생각나면 차를 세우고 엉엉 운다. 정말 살을 도려내는 아픔이다. 나는 견디기가 힘들었다. 아들이 보고파서… 하늘을 바라본다…. 내 새끼가 너무 그립다…. 저기 먼바다 너머, 태평양 건너에 내 아들이 있다.

아들 납치 시도

　나는 어느 날 서울로 왔다. 아들 학교 앞에서 그냥 기다린다. 아들이 보였다. 아들 손을 잡고 미국 대사관으로 가는 택시를 탔다. 가서 아들의 여권을 잃어버렸다고 하고 미국에서 가져온 출생증명서를 보여주니 즉시 여권이 발급되었다. '후, 살았다. 됐다!'라고 생각하며, 다시 택시를 타고 공항으로 간다. 비행기에 오르니 기진맥진이 됐다. 맥이 딱 풀린다. 기진맥진해서 의자를 눕힌다. 저만치에서 두 남자가 복도로 내 쪽으로 걸어온다. 내 자리로 오더니 위에서 아이를 납치했다는 연락이 왔다고 하며 비행기에서 내리라고 한다.

　내 아들 내가 데려가는데 무슨 납치냐고 말해도 소용없다. 여권을 보여줘도 자기네는 모른다며 위에서 지시가 내려왔다고만 한다. 시아버님이 어디에 전화했나 보다. 내가 안 내리면 비행기가 못 뜬다고 한다고 해서 할 수 없이 내렸다. 무섭고 떨린다.

　입구로 나가니 전남편이 딱 서 있고 아들을 내게서 뺏어간다. 아들은 나를 쳐다보며 불안한 눈빛을 주고받고, 데리고 가고 나는 출국 정지가 내려서 미국으로 못 간다 했다. 나는 어디에 가 있을 데도 없어 강남으로 택시를 타고 혼자 로보텔을 잡고 검찰청으로 조사를 받으러 간다. 검사는 윗선의 지시라 출국 정지 명령이 떨어졌다며 별말이 없다. 20대 후반에 난 너무 두렵고 떨렸다. 홀로 호텔에서 며칠 밤을 지내다 출국할 수 있다 해서 3일 후에 미국으로 홀로 돌아왔다. 이 이후론 아들 훔쳐 올 생각은 아예 안 했다.

다시 은행으로 돌아와 그냥 열심히 일만 하며 돈을 모았다. 1년 동안 돈을 모으고 한 번 휴가를 받으면 서울에서 아들 얼굴을 보고 돌아가는 것을 반복했다. 공부가 뒤쳐져서 가정교사 때문에 시간을 많이 못 낸다고 어떤 때는 한 번 오면 2시간 보여주고 데려갔다. 2시간 보려고 13시간 비행에 여비는 3~4천씩 들었다. 운이 좋은 해는 며칠 동안 볼 수 있었다. 나는 애랑 헤어질 때 너무 울어서 숨을 쉴 수가 없었다.

10년을 그렇게 살았어도 매년 서울 공항에서 헤어질 때면 엉엉 운다. 주변 사람들 시선도 아랑곳없다. 지금도 그때만 생각하면 눈물이 난다. 10년 동안 눈물 바람이었다.

인생은 생각보다 짧다

슬플 땐 여행을 떠나거나 집 근처에서 달리기를 한다. 새로운 곳이나
문화를 보면 잠시 슬픈 기억이 이동한다.

30대 중반쯤 7박 8일 일정으로 크루즈 여행을 떠났다. 남아메리카 쪽을 여행하는 코스였는데 'CARNIVAL'이란 크루즈를 타고 5살 된 둘째 아들과 애 아빠랑 같이. 애 아빠 배 안에서도 카지노에서 도박만 했다. 배 안에는 수영장도 있고 운동할 수 있는 헬스 클럽도 있고 24시간 개방하는 뷔페 식당도 있었다. 저녁이면 격식을 차리고 나와 저녁을 먹고 춤을 춘다. 어느 나라든 선착장에 몇 시간 정박하면 밖으로 나가 돌아보고 다시 배에 돌아온다. 끝없는 바다를 또 간다. 마치 바다 위에 떠 있는 화려한 감옥 같았다.

　아침이면 나는 공원을 뛴다. 마음이 아플 땐 내 몸을 힘들게 했다. 숨이 턱에 차면 가슴은 아픈 걸 잊는다. 너무 피곤해서 매일 같은 시간에 같은 코스를 뛰는 사람들의 얼굴을 본다. 미국은 한국보다 노숙자 수가 훨씬 많으며 주로 공원에서 잠을 잔다. 한번은 공원을 뛰다가 불쌍한 한 사람이 눈에 들어와 담요를 가지고 나가 뛰다 확 덮어주고 막 뛰어갔다.
　우리는 매일 행복할 수 없다. 그러나 매일 행복한 일은 있다. 행복도 선택이다. 난 그냥 누군가에게 친절을 베풀면 행복해서 그렇게 할 뿐이다.

행복 시작

드디어 첫째 아들이 18세 때 고등학교를 캐나다에서 다니게 되었다는 소식을 들었다. 문제 아이들을 만나서 성공시킨 전문인 관리인인데, 한국에선 공부 안 했던 아이들을 지도해 최고의 대학에 입학시킨 분이다. 많은 비용을 들이며 그분께 아들을 맡기기로 하고, 캐나다로 유학하기로 했다고 아들에게서 연락이 왔다. 이제 내게 조금 가까운 거리로 온다. 비행기로 LA에서 5시간 거리다. '10년이란 시간이 흐르니 이런 날이 오는구나!' 아들을 보러 좀 더 자유롭게 캐나다로 갈 수 있다.

그런데 아들이 상태가 정상 같지 않다. 몸은 나랑 있는데 항시 정신은 다른 것을 원한다. 대마초 등등 여러 가지가 합법으로 할 수 있는 나라라 오직 돈을 원한다. 나는 하도 아들이 정신을 빼서 교통사고를 낼 뻔한 적이 여러 번 있었다. 아들이 서울에 있을 땐 게임 중독이었다고 한다.

나는 첫째를 임신했을 때도 태교를 못 했다. 아빠와 헤어져 불안함 때문에 아들이 어렸을 때 ADHD도 있었다. 그리고 엄마와 아빠의 이혼도

겪고, 일 년에 한 번 왔다 헤어질 땐 철철 우는 엄마를 본 아이의 도피처는 게임밖에 없었을 것이다. 롯데월드에서 둘이 찍은 사진을 새긴 방석을 헤어질 때 가져가라 하니 깜짝 놀라며 새엄마가 보면 큰일 난다고 극구 사양했다. 그렇게 자기 아픔만 생각하면서 아이들이 속으로 아픈 걸 어른들이 몰랐다. 아이가 뭔가에 빠지는 건 당연한 일이었다.

현실 도피 아들이 어딘가에 몰두하게 된 건 나의 책임이다. 나는 아들 아빠에게 편지를 보냈다. 이 상태로 아이를 여기에 두면 죽을지도 모른다고, 한국으로 데려가서 군대를 보내라고. 첫째는 고등학교를 그렇게 졸업하고 미국 국적이지만 한국 해병대에 입대했다. 아들은 제대 후에 내가 있는 미국의 대학교로 온다고 했다. 나의 소원이 이루어지는 순간이었다.

난 드림 하우스에서 두 아들과 사는 꿈을 꾸었다. 꿈은 이루어진다고, 마침 그때가 미국에 금융 위기가 찾아와 많은 집이 헐값에 은행에 차압되어 매물이 쏟아져 들어오는 시기였다. 지은 지 3년 된 새집이 80만 불이었던 걸 30만 불에 살 수 있었다. 방이 7개, 화장실이 5개, 거실이 2개 패밀리룸과 플레이 룸이 갖춰져 있었다. 내 집 방엔 샤워실과 목욕실이 따로 있고 방안에 옷장 방이 따로 있는 3700sq인 저택. 큰 침실이 있는 꿈에 그리던 집 그런 집을 살 수 있었다. 위기가 곧 기회라는 걸 실감했다.

　그랜드피아노를 준비하고 운동실과 아들들을 위해 당구대에 멕시코에 가서 돌로 만든 근사한 패션 테이블(Pation Table)을 직접 운전해서 5시간 걸려서 사 왔다. 야외용 돌 테이블을 사 오고 아들 방은 LA 한인타운에 가서 가구들 싹 준비했다. 난 이 집에서 아들을 기다리며 함께할 날을 그리며 즐겁게 꾸몄다. 그렇게 행복했던 3~4년이 지나니 아들들이 다 커서 학교 근처로 다 떠나갔다. 홀로 큰 집에 사니 외로웠고 밤이 되면 집이 너무 커서 2층에서 아래층으로 무서워서 내려오지 않았다.

　어느 날 아들이 내게 물었다. "엄마 살아 보니 돈이 좋지?" 나는 대답했다. "아니, 사랑이 더 소중해. 사랑이 없으면 세상은 안 돌아갈 거 같아." 하지만, 인생엔 정답이 없다. 어떤 삶을 선택하든 그건 우리의 선택이고 선택 뒤엔 큰 책임이 따른다. 모든 인간은 무언가에 몰두하며 산다. 돈이든 명예든, 쾌락이든 남을 위해 내주는 선한 마음은 모두에게 다른 기쁨이 주어진다.

　나는 그런 생각이 든다. 10년 동안 아들을 그리워 울다가 뒤돌아보니 할머니가 되어 있다. 육십을 바라보는 때가 되었으며, 인생이 훅 지나갔다. 마치 연극이 끝난 것처럼. 내 인생을 이제 다 산 것 같다. 내 시간은 이 가을의 끝 무렵 거의 끝자락에 와 있는 것 같다. 지금은 울 일이 없다. 아들들이 다 커서 어른이 되어 있다. 그냥 든든하다.

과거의 뒤안길에서

    두 번째로 만난 남자와도 몇 년 살지 못했다. 모든 것이 정반대였다. 홀어머니에 외아들, 두 번째 시어머니는 한 번 결혼한 적이 있다는 이유로 대놓고 나를 싫어하셨다. 어떻게든 당신의 아들과 나를 떼어놓으려고 애썼다. 주말이면 아들한테 전화해 무슨 이유를 만들어서든 데려간다. 나는 그렇게 외로운 삶을 다시 살았다.

    사랑에 목숨 걸다 큐피드 화살에 내 가슴이 꽂힌 것 같았다. 사랑 타령을 하다 내 가슴에 피가 흐르는 큐피드 화살처럼…. 애 아빠는 돈만 생기면 라스베이거스에 가서 모두 날려버렸다. 나에게 돈을 빌려달라고 하기에 사업을 하는 줄 알고 줬는데 놀음 중독이었던 것이다. 은행원으로 일하며 부은 적금을 깬 뒤 모조리 가져가서 놀음으로 탕진했다. 아는 지인들에도 나에게 '네 남편이 내 돈을 몇 천만 원씩 빌려갔다'고 말했다.

    결국, 나는 아들을 데리고 나와 아들을 키우며 혼자 살았다. 중독은 온 가족을 병들게 한다. 안타까운 사실이지만, 이 사람이 사업을 하는 것이 아니라 놀음을 한다는 것을 너무 늦게 깨닫고 말았다.

둘째 아들은 어려서부터 영재 소리 듣고 공부를 잘해서 올 A를 받아왔다. 나는 학교에 가면 어깨가 으쓱 한다. 선생님들이 칭찬을 많이 해주셨다. 큰 인물 될 아이니 걱정하지 않아도 된다고 말이다. 학교에 학부모 상담을 다녀온 날은 기분이 최고다. 캘리포니아 외에 다른 주에 있는 대학교에서 장학생 제의가 들어왔는데 꼭 UCI(University of California, Irvine) 가고 싶다고 고집을 부려 UCI 졸업 후 의학/병리학을 하고 있다.

나는 둘째가 초등 5학년 때 집에서 데리고 나와, 혼자 양육하고 대학까지 뒷바라지했다. 힘든 시간들이었다. 지금 생각하니 그래서 한국에 왔을 때 내 어깨에 짊어진 무게를 내려놓은 것 같았다. 기분이 날아갈 것 만 같았다.

엄마라는 단어

　나는 엄마라는 존재가 항상 그립다. "엄마, 엄마!" 이 단어만 불러도 아무 때나 눈물이 난다. 어린 시절을 되돌아보니 엄마는 참 가여운 삶을 살다 44세에 세상을 떠나셨다. 그때 난 12세, 초등학생이었다. 꽤 오랫동안 매일 같이 울기만 했는데, 꿈에 엄마가 나왔다. 엄마가 칼을 들고 나를 쫓아오고 난 막 도망가는 꿈이었는데, 사람들이 그건 정을 떼는 꿈이라고 말했다. 그렇게 다소 무서운 꿈을 꾸고 식은땀을 흘린 후부터는 좀 나아졌다.

　아빠는 매일 술을 마셨고, 취해서 들어와 엄마를 때렸다. 폭력의 이유는 아들을 낳지 못한다는 것이었다. 엄마는 아들을 낳지 못한 죄인이라는 생각을 했는지, 심성이 너무나도 고와서였는지 그냥 맞고만 있었다. 우린 공포에 질려 창문에 대고 울기만 했다. 누군가 와서 도와주길 기다렸지만, 그때는 아무도 남의 가정사에 참견하지 않던 그런 시대였다. 그리고 3일 후, 엄마는 고생만 하다가 몇 개월 안 된 막내아들을 두고 아무 말도 못 한 채 쓰러지셨고, 곧바로 돌아가셨다.

엄마가 돌아가시자마자 난 포식자들의 먹잇감이 되어버린 것 같았다. 정신을 차려보니 난 어느 새 작은아버지 집의 식모가 되어 있었다. 아버지는 4형제 중 첫째였다. 엄마가 돌아가시자마자 셋째 숙모는 집안에 딸이 없다는 이유로 날 데리고 갔다. 하지만 그래 놓고 날 데려와 온갖 허드렛일은 다 시켰다. 다섯 식구가 먹은 밥상을 들고 치우러 부엌으로 가다 상을 든 채로 굴러떨어져 온몸에 반찬을 뒤집어쓰기도 했다.

가장 맏이인 큰언니는 집을 나가 부산에 있었다. 아버지가 싫어서 내 위에 둘째 언니는 동생들 밥해줘야 해서 날 데리고 갔나 보다.

이번엔 둘째 작은아버지가 날 데려갔다. 둘째 작은아버지는 미혼이라 가족이 없는 대신에, 종로에서 고등학생들에게 숙식을 제공하는 영어 학원을 운영했다. 그리고 영락없이 학생에게 줄 밥은 내가 지어야만 했다. 제대로 하지 못하면 몽둥이로 막 때리기도 했다.

아버지는 술을 먹으니 무슨 일이 일어나는 줄도 모른 채, 취해서 잠만 잤다. 엄마를 일찍 여의고 항상 생각했다. '만약, 엄마가 아빠의 폭력을 참지 않고 그대로 이혼을 했다면 엄마 없이 자라지 않아도 됐을 텐데.' 하고 말이다. 엄마가 없으니 불쌍한 아이가 되었다. 아마 그래서 초반에 이 사람이 아니다 싶으면 떠나나 보다. 모든 결과에는 이유가 있다.

그리고 셋째 작은아버지가 나를 미국으로 데려왔다. 셋째 작은아버지는 독일에 광부로 파견되어 많은 돈을 벌고 미국에 정착한 상태였다. 그분을 따라서 미국에 이민 온 것이 14세였다. 처음 타는 비행기에서 포도인 줄 알고 먹은 검은 열매가 이상한 맛이라 깜짝 놀라기도 했다. 나중에 안 거지만 그건 포도가 아니라 올리브였다. 이제야 드는 생각이지만 아버지의 형제들은 왜 모두 나만 데려갔을까 궁금하다.

가게를 하는데 새벽 6시에 가서 다음날 새벽 2시에 돌아온다. 일만 한다. 피곤하면 창고 침대에서 낮에 손님 없을 때 잠을 잤다. 작은아버지의 손길이 나를 만진다. 성추행을 일삼는다. 냅다 뛰어 도망을 쳤다. 작은아버지가 뒤에서 쫓아와 '확'하고 잡으니 시멘트 바닥에 넘어지며 얼굴과 팔이 까졌다. 난 있는 힘껏 도망쳐서 버스를 타고 아무데나 내려 집으로 돌아가는 길도 모른다. 집에 전화해서 무사히 집으로 왔다. 아버지랑 작은아버지가 싸운 후부터 난 집에서 지낼 수 있었다.

이제 학교에 다닌다. 중3으로 들어갔는데 공부가 한국보다 쉽다고 생각해 고등학교로 옮겼다. 한국에서 중학교 때 장학금도 받아봤고 부반장을 했다. 초등학교 때도 공부를 잘하는 편이어서 반장과 응원 단장을 했었다. 고등학교 생활이 재미있었고 직업 체험을 하는 프로그램에서 은행원을 체험한 것이 인연이 돼서 은행원 생활로 연결됐다.

삶을 뒤돌아보며

　미국에서 많은 곳을 여행했다. 여행하다 보면 장소에 따라 생각과 삶의 가치가 다름을 본다. 한국에 와서 골프 클럽을 팔았다. 미국에 비해 라운딩 하는 비용이 비싸기 때문에 미국 테메큘라(Temecula)에서 골프를

쳤는데 멤버십 요금이 한 달에 200$였다. 주중에만 치면, 동네 주부들이 4 Sum을 하고 아침에 일찍 9 Holes를 하고 출근을 한다. 시원하고 넓게 펼쳐진 필드를 걸으며 라운딩을 하고, 내가 친 샷이 제대로 맞으면 시원함을 느낀다.

종교도 수없이 많다. 모든 종교엔 진리가 있다. 욕심 많은 사람에 의해 변질되어가는 것뿐이다. 선한 사람들이 잘되는 세상이 되었으면 좋겠다. 우리는 자연의 일부분이다. 그러므로 모두 자연으로 돌아간다. 자연을 아끼고 사랑하며 그 속에서 행복하고, 모두 자기에게 주어진 시간을 살다, 최선을 다하며, 한 번뿐인 인생이니 모두 행복했으면 좋겠다.

현재의 나

　나는 지금 한국에서 경찰청에 소속되어 통·번역사로 수사, 사법 통역 일을 하고 있다. 이 일을 하며 많이 단단해지고 두려움도 많이 완화됐다. 난 이 일이 좋다. 사건, 사고를 통역하며 보람을 느낀다. 뭔가 답답하고 두려운 마음들이 가벼워지거나 해결돼서 돌아갈 때, 특히 외국에서 그들이 통하는 언어로 자신들의 이야기를 쏟아내고 들어주는 이가 있을 때, 그들이 조금 가벼운 발걸음으로 돌아가는 사람들을 볼 때, 커다란 보람을 느낀다.

　해외에서 인터폴의 체포 협조가 있을 때 통역도 한다. 이 일을 하면서 법정도 가고, 검찰청, 경찰청, 법원, 철도경찰서, 고속도로 순찰서, 변호사, 미군 SOFA, 감옥, 인권 관리 감독실 등 생전 다닐 일 없는 곳들을 오가며 통역·번역 일을 하고 있다. 가끔, 통역하다가 억울한 사람들이 없길 바라는 마음이 들어서 감정이 이입될 때가 있다. 최선을 다해서 중립을 유지하며 가장 적절한 단어로 표현해주려고 한다. 세상에 억울한 일을 당하는 사람이 없길 바라는 마음으로.

조사를 시작할 땐 제일 먼저 미란다 원칙을 고지한다. "당신은 묵비권을 행사할 수 있으며 변호사를 선임할 수 있고, 당신이 하는 말은 법정에서 불리하게 작용할 수 있습니다."라고 고지하고 조사를 시작한다. 미란다 원칙을 고지하지 않은 체포나 구속은 위법이기 때문이다.

통역사는 중립성을 유지하는 것이 매우 중요하다. 마치 거울인 것처럼 모든 것을 정확하게 왜곡 없이 전달하여야 한다. 고수익 아르바이트라고 해서 왔는데 알고 보니 보이스피싱 사기 범죄에 연루된 경우도 많다. 이런 경우는 대부분 소셜네트워크를 등을 이용해 직원을 채용한다고 광고한다. 가벼운 비서직이나, 회계·경리 담당으로 위장 광고를 띄워 직원을 모집한다고 가장하기도 한다. 이 경우는 회계 업무를 가장한 돈세탁 역할로 이용당할 수도 있으니 조심해야 한다.

채용 공고를 보거나 취업할 때는 내가 어떤 사람의 직원인지 반드시 알아보아야 하며, 별로 어렵지 않은 일인데 돈을 많이 준다고 하면 무조건 의심을 해보아야 한다. 그래야만 범죄에 연루되는 일을 막을 수 있다. 항상 조심하는 것이 우리가 할 수 있는 최선이다. 나 또한 신중하지 않고 급한 마음에 결정했던 일들이 꼭 후회로 돌아왔기에, 신중하고 조심하라는 말을 꼭 해주고 싶다.

국지주의가 있기에 사람들은 저마다 자기 나라만의 다른 법으로 만난다. 아프리카는 음주운전에 대한 기준이 관대한지, 술을 두 병까지 마셔도 영향이 없다. 그러나 우리나라에선 소주 두 잔만 마셔도 면허가 취소

될 수 있다. 미국에서는 운전하면서 도로에 담배꽁초를 버리다가 걸리면 벌금이 100만 원이다. 다양한 민족이 민주주의를 유지하려니 법과 규제가 강력하다. 술도 취해 보이는 사람에게 두 잔 이상 팔면 안 된다. 만약 그 사람이 길을 가다 교통사고를 내거나 당하면, 술 판매한 곳이 책임 소송을 당한다. 또 광고로 인해 손해 본 사람이 생기면 광고로 인해 입은 손해 소송을 당할 수 있다.

나는 이런 끔찍한 일을 당해 공포와 재산 손해, 팔엔 쇠를 박은 상태라 생각한다. 우리나라도 국민 참여 재판으로 서민을 약탈해서 괴롭힘을 입히는 사기를 강력하게 처벌했으면 좋겠다. 사기꾼 수가 줄어들 수 있게 배심원 제도로 강력하게 했으면 좋겠다. 재판 과정을 보면 검사들은 구형을 세게 하는 편이지만, 정작 판결은 그들이 저지른 범죄에 비해 미약한 경우를 많이 본다.

석박사를 과정을 밟으려고 우리나라의 Rail Road를 배우고 전공하는 유학생들도 있다. 우리나라보다 어려운 나라에서 온다. 유능하고 착실한 학생들을 한국 정부에서 지원하는 사업으로, 학위를 따서 그들의 나라로 돌아가 더 나은 미래를 위하여 일하라고 한국에서 지원해준다.

나는 가본 적 없는 나라의 문화 이야기 듣기를 좋아하고, 지적 호기심도 많아서 그들과 말을 많이 한다. 사우디아라비아는 합법적으로 부인을 5명까지 둘 수 있다고 한다. 내가 "왜 5명까지만 돼요?" 하고 물으니 "나라에서 힘드니까 주말엔 쉬래." 이러면 빵 터진다. 코란을 기초해서 법을 만드는 나라여서 일부다처제가 가능한가 보다. 세상은 진짜 다양하다. 한국도 점점 다문화 국가가 되어가고 있다. 모두 좀 더 나은 삶을 추구하기 때문이다.

　경찰청 외사계의 경관님, 반장님 같은 분들과 따뜻한 마음을 주고받는다. 걱정해주고 나보고 뭐든 물어보라며 항상 걱정해준다. 어느 땅에 가서 사느냐에 따라 삶과 가치관도 바뀌는 것 같다. 지금은 겉으로 보기엔 예전처럼 풍족하지 않고 화려하지 않은 것 같다. 하나, 이 일을 하면서 많은 사건을 알게 되고, 배우고, 두려움도 많이 사라졌다. 그리고 단단해진 것 같다.

　전 세계인이 영어라는 언어로 소통하며 다양한 사람을 만난다. 영어를 할 수 있는 세계 모든 사람을 만난다. 유럽, 아프리카, 중동, 아프가니스탄, 미국, 동남아시아, 남아공, 체코슬로바키아, 일본 등등. 사우디아라비아인들의 원자력 연구소에는 월급은 자기 나라에서 받고 우리나라에 배우고 가는 공학자가 200명이 넘는다고 들었다.

　2년 계약을 마치고 돌아갈 때 전화가 왔다. 난 우리나라에서 좋은 추억을 많이 가지고 가길 바란다고 인사했다. 그는 말했다. 제일 좋은 추억으로 남은 것은 나를 만난 것이라고. 너무 기분이 좋은 말이었다.

　사기당한 이후로 나는 요가에 심취했다. 특히 힘들어서 젊은 사람들
도 잘 안 하는 심화반을 좋아한다. 마음이 너무 아파서 몸이 좀 힘들면
생각이 덜 날까 해서 시작했다. 특히 플라잉 요가는 몸에 많은 통증이
있다. 서커스 동작을 배우려고 집중하면서 나의 아픈 기억을 잠시 잊을
수 있었다. 지금은 이 운동이 재미있어서 한다. 처음에는 내가 습관을
만들지만, 나중엔 습관이 나를 만든다는 말처럼….

　6년 전 이 동네로 이사와 운동을 하며 만난 이쁘고 착한 동생들과 정을 나누며 사심 없이 따뜻한 마음을 나누며 보내는 시간이 행복하다. 피는 나누지 않았는데 마음을 나누는 선한 사람들과의 인연 그리고 관계가 나를 행복하게 한다. 행복이란, 괴로움이 없는 상태라고 법률 스님이 말씀하셨다. 나 자신을 괴롭히지 말고 모든 욕망으로 자유로워져야 한다고 그리고 희로애락에서 출렁거리지 말라고 하셨다.

　요가 명상에서 카르마(업)와 윤회를 말한다. 사람에게 받은 상처는 사람에게 또 위로받는다. 그들을 통하여 힐링을 받고 마음을 나누니 일상이 행복하다. 보통 남들은 덤으로 살게 된 삶이라면 남을 위해서 살아야지 하는데, 이상하다. 나는 그런 생각이 안 들고 앞으론 조심해야지 이런 생각이 많이 든다. 내게 닥칠 나쁜 것으로부터 내가 나를 지켜야 한다. 자연을 만끽하며 강아지와 교감하며, 음악을 들으며, 피아노를 치며.

마음이 착하고 따뜻한, 이쁜 사람들 주변에서만 내 남은 삶을 살고 싶다. 항상 기도하는 맘으로 돈보다 운을 벌어야 한다. 나를 기쁘게 하는 일, 남에게 배려와 친절을 베풀 때 기분 좋아지는 감정은 아직도 변하지 않는다.

바람이 있다면 자연과 환경을 보호하고 싶다. 자연은 우리에게 좋은 것만 내준다고 생각한다.

　이제는 모든 사람을 좋아하진 않는다. 세상에서 제일 무서운 게 악을 행하는 인성을 가진 사람인 것 같다. 그런 사람들은 잘못을 인정하지도 않고 남에게 뒤집어씌울 생각을 한다. 양심의 두께가 달라서 그런 것 같다. 그리고 나쁜 범죄를 일삼는 사람들 그것 또한 그들에게 습관이 되어버려 양심의 가책에 무뎌져 있다.

　선과 악이 함께 공존하는 사회, 인생의 여정을 걷다 보면 우리는 가끔 도적도 만난다. 운이 좋아서 피할 수 있었다면 좋았을 텐데, 한 걸음씩 내디디며 우리의 여정을 걸어갈 때 우리가 할 수 있는 것, 조심이다. 하나, 그래도 아직은 선한 사마리아인 같은 사람들이 세상에는 더 많다. 나쁜 사람의 파급력이 너무 세서 전파가 깊이 박힌 것 같다. 미꾸라지 한 마리가 온 물을 더럽히듯 선한 사람의 영혼은 요란하지 않아서 잠잠하다.

　좋은 사람들이 내 곁에 있다. 인생사 새옹지마라더니 그 말이 내게 다가온다. 아마도 이 사건을 계기로 내가 사람 보는 눈이 명안이 됐나 보다. 난 이제 좋은 사람들과 안전한 테두리에서만 일상을 보내길 바란다. 나는 일기 쓰듯 이 글을 썼고, 이 글을 읽는 사람들이 안전하고, 소중한 자산을 지키고, 영혼이 다치는 일이 없길 바라는 마음이다.

　"하인리히 법칙"을 생각해보니, 모든 사고는 사소한 신호를 우리에게 보낸다. 그 신호를 내 성품대로 판단해서 무시할 때 큰 사고로 연결됐다. 나에게 보내는 작은 불안이나 의심을 무시하지 말아야 한다. 이 글을 쓰며 기억이 살아나 많이도 울며 쓰다, 멈추다, 다시 쓰곤 했다. 한편으론 가슴에 쌓인 것들을 비워내니 가볍고 시원하다. 노래 제목이 딱 맞다."사랑은 눈물의 씨앗"이라고. 그러나 그 누구라도 사랑하지 않고 살수는 없다. 성경 말씀에 믿음, 소망, 사랑은 항상 있을 것인데 이 중에 제일은 사랑이라고도 했듯이.

그리고 자식은 품 안의 자식이 제일이다. 자식도 내 소유가 아니다. 절절한 자식들, 그들이 행복하길 소원하며 건강한 몸과 정신으로 그들의 삶을 살아나가길 소원한다.

내 인생을 좀 더 길게 살 수 있게 도움 주신 모든 분께 감사드리며 이 글을 마무리하려고 한다.

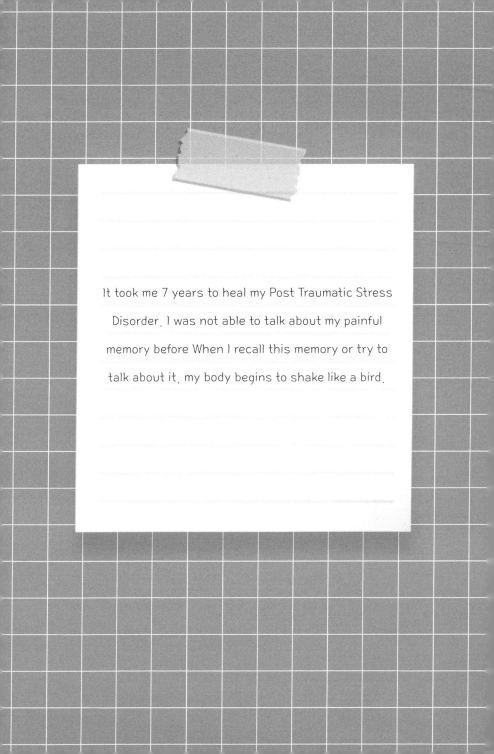

It took me 7 years to heal my Post Traumatic Stress Disorder. I was not able to talk about my painful memory before When I recall this memory or try to talk about it, my body begins to shake like a bird.

Year 2014, Fall, Ever since I left Korea at 15 for America, I always hoped one day to return to my country But as the saying goes, "be careful what you wish for"

I remember arriving in Seoul full of Joy, The city was busy people were dynamic, and I was happy to smell the air of my motherland.

I used to work as a banker for the Bank of America. Later, I was transferred to a newly opening First Interstate Bank(FIB) in Korea Town in LA.

I was able to receive a F4 Visa from korea for 3 years. So I choose to live in DaeJun, located right in the middle of South Korea. The housing prices were affordable compared to Seoul or LA.

I went in a real estate office to find a place for myself, and they showed me an Apartment which was too big for a single person to live in, So I told them I wanted something cozy and smaller, since it's only for my self So they showed an "office-tel" It's like a living space with an office and Hotel combined, It had a nice surrounding view, reminiscent of Central Park in New York, So I decided to buy this unit to live in and two more units, one to rent out, and the other to use as office. Later I would go on to use this unit to teach English to Korean people.

I always enjoyed walking in the park with my dog, Coco, and talk with Foreigners that I run into. I have always been energetic and full of curiosity. I love to talk with people, and ask them where they came from, what do they do for living? etc.

I met all kinds of people, Like one man who was an algebraist visiting korea for a mathematician conference meeting. Or even an Artist from France who came to Korea for Private exhibitions.

I was beginning to enjoy my daily routine, meeting and talking to people, and relaxing with my puppy.

I would later meet a korean lady (I called her Rosemary) I miss her still to this day when I think of her. I remember her asking me, If I could teach english to her son. She had lived in the USA for 2 years, but was still in need of help speaking fluently.

From that point on, my English classes got bigger, It started to grow numbers of student, So I had to make a split. Afternoon classes for the kids and classes for the mothers in the morning.

After class, my students and I would go out for snacks at the deli and chat. I was having the time of my life.

Night mare, Horrible things happened.

One of my students, (I will call her Jane) used to always bring snacks to class. Jane was 33 years old, but she had the body of 80 year old because she was diagnosed with Lupus. Her immune system was attacking her own body.

Nevertheless, she was always very happy coming to our study group. She was a warm person.

There was a lady called Mrs Jin, Mrs Jin and I became close since we were both were single and living in the same complex.

She used to owned 30 "Office-Tel" units in the building, but due to the slow real estate market she could not sell these units fast enough. Mrs Jin ended up losing all her retirement fund.

Her husband was diagnosed with lung cancer and passed away after 6 months. I sympathized for her. So we had drinks and dinner together and talked about life.

One day, I was doing my hair in a salon and she called me.

She asked me to stopped by her office after my hair was done, So I went, and she showed me a picture of a man installing van interior on her kakao, was parked by the ocean side for mobile housing in KangWonDo.

I was told he was researcher in KAIST university. She asked me to rent my office-tel to him for 3 months, after 3 months he was scheduled to get his funds from an investor, then, he will buy a few units in our complex.

So I met him a few days later in her office. He was wearing gold eye glass and looked quiet and clean, So I agree to rent my units to him for just three months.

A few days later, he wanted to thank me, and asked me to dinner downstairs. He told me since I lived for a while in America, I may not be familiar with a lot of things in Korea and said, to ask him if I had any questions or if I needed any help.

During the dinner, I asked him why the registration fee for my HyunDai Sonata was almost $600.00 It seemed like a preposterous amount for such a practical car.

He also invited me to his church on Sunday, and his church was located just a couple blocks from my place.

Since I did not have any classes on Sunday, That following Sunday, I went to his church, and he introduced me to his pastor and the pastor's wife and we had lunch after service. I did not have much suspicion about him since he was a church member.

A few days later, he said there were Seize Vehicle in Kang-Wonland Casino. and it's legal to buy, So If I wanted, he could sell my cars at an Auto dealer and buy another for really cheap.

I thought since he was doing business in KangWonDo, He knew a lot of things that I never knew. He also showed me, Sketches of a mask that he filed a patent for and a "Bee Drone" he was developing that carried poison needles, So I was thinking, wow, since he was a KAIST researcher, He does things that, I had never heard of.

He also told me things that I was Naive, and not greedy, not like the other women in Korea, Korean women only like rich men.

He told one time he went to jail for few months because woman had deceived him with lies for something, so he wanted to find her and splash sienna on her face. I asked him what sienna was. He told that It was something that burns their skin.

I had never heard sienna in America, I was shocked and told him not to live your life like that, If you were wronged, seek for help under th law, Justice is there, when someone wrongs you.

A friend named Rosemary ended up warning me that he was a con artist. I was suspicious, but I still had my doubts, So I had asked him to sell my car and buy me a new one from the casino.

After a week had passed, He was still not saying anything about the cars so I ask him where is the money for my sold car, had went, that I had never received my money, and he was also past due on rent,

He shouted out loud "Do you know how busy of a person I am?!" I was shocked, he was different then the person I thought I knew. So I said, I will wait till Friday, If you don't take any action, I will report you to the Police Department.

November 11, 2015 it was Bebero day in korea

I could never forget that day as, It was a living nightmare.

At the time I was having an English class with 7 mother's. He came in and asked me when will the class be over. I said, close to noon, it's almost over.

I was thinking that He had came to take care of the matter, since I told him. "I will go police station to report him."

But suddenly, He started to take out black gloves from his jacket and start putting them on slowly, He then took out a knife from his jacket. We were all horrified by his act.

His eyes were cold and vicious looking. In that moment we all ran with out our shoes. However, This man also ran to the door and brought a black trash can filled with some kind of liquid chemical and splashed it all over me. Then I thought about, what he had said before about "SHINNA"?!

I got horrified and ran under the desk and grabbed a trash can which I had under my desk and put it over my head. I remember thinking "NO not my face" bewilderedly, I did not know what to do, He went out and brought in another one and started splashing it, all around my office. while he was doing that, I ran to the elevator but I was all soaked and slippery from all the chemicals over my body.

I slipped, then he grabbed me by my arm and I was taken back to my office. I screamed out for help! in the hallway but no one heard my cries as it was lunch time.

He threw me back into my office and locked the door from the inside. I did not feel any pain on my skin and realized it was not shinna, but It was gasoline.

He shouted, who ever opens the door, I'm going to light and burn her.

I ran to the bathroom and tried to locked the door, but he kicked the door and broke my fingers and came in. I was down on the floor and getting beaten to death his foot trampled my body.

The police were not coming soon enough.

I was thinking, "I am dying, God I am dead" in great misery.

"Oh My God, what did I do to deserve this? My lord please save me."

I don't wanna die by burning alive, If I die this way, how sad my sons will be oh NO oh NO..... In that moment, I spoke feebly, what did I do wrong to you?. Why are you doing this to me? then He stopped kicking me and left the bathroom, and begun looking outside through the glass windows. Slowly skid my body to the door, my body was moving fast because I was soaked and slippery with gasoline, I was very slippery so I quietly reached the front door knob and opened. simultaneously the door flew wide open from the outside. One Man pulled me out and another man ran in with a fire extinguisher and shot it all over his face. He looked like a snow man. The men were able to bring him under control.

The man who saved my life was the downstairs restaurant owner, later that day he received the "Brave Citizens Award" from the police Department. my students who ran away earlier asked help to him.

I don't know how fast I ran for my life and I fainted in the lobby. Both my arms were dislocated and I was covered in blood. I thought to myself I survived, I am breathing, then I passed out....

When I was in the hospital, I looked like a mummy both of my arms were in casts, I could not eat or go to the restroom alone. I felt pitiful while I was in the hospital and my tears were unstoppable.

I got injured Physically, Emotionally, and Financially.

One of mother Elain would text me to refund her the $25.00 left over for class, I could not carry on without even asking how I am.
I fully understand, what they had been experiencing but still I was sad and lonely.

A Con artist, is evil. They deceive innocent people without hesitation.

Few days later, my two boys came from America, but they could not Stay long as they had to return for their school, now they are in their 30's.

I still could not believe what happened. Why? My motto was to be always kind to others,

Do one kind things each day, If I did not have a chance to do that Try to do, Two kinds things the next day.

Kindness is Contagious....

One of my role models is Audrey Hepburn "Remember that you have Two hands, One hand is to help yourself and other hand is to help others."

While I was in the hospital, I remember thinking, My puppy is home alone. And I did not have anyone to ask to take care of him for me.

I would start crying, thinking about my poor puppy being home alone.

With my self esteem and pride at an all time low, I felt like I had no one to lean on. My so called friends were there only during the moments they needed something, I learned that day, not to rely on others.

A few days later, Mr. J came from the crime victim support division from the Police Department. He was like an angel sent to help me.

He told me about the programs they offer for crime victims. I was very grateful for the services they offered.

Due to not having insurance at the time, I had an outstanding hospital balance of $8,000.00 after my third surgery, I got discharged from the hospital with balance remaining.

The rainbow center came to pick me up for a mental health consultation, and a few other programs, they even provided food and housing to sleep, but I had to decline because my dog was not allowed in the facility. after I was discharged, I could not go outside by myself, I just sat in the corner without moving, I could not sleep or eat, I went for a psych consultation as well as a mental treatment. I could not stay at my place anymore because it kept triggering Traumatic memories.

The crime victims rescue center had a program to help victims relocate from a crime scene. They offered a seventy Thousand dollars loan program with 2% Interest, but I got denied because of my American Citizenship the DA office said, So I resorted to selling my place drastically below market price to move out quick.

My hard earned assets were melting away.

It was later revealed this Con artist had a history of 40 counts of fraud and 4 counts of assault. who would of guessed.....

After the con artist got arrested, the court asked me to testify on the witness stand. I tried to write letter saying that I was too frightened to see his face, but it was not accepted. So I had to take the stand.

I told the judge, he might be a Psycho or have symptoms of Ripley Syndrome. On my way home, I bought a bottle of wine to help keep me calm my body I was shaking, thinking about seeing his face.

He had few more charges filed against him by other fraud victims. This case became merged, So it took a year until final judgement.

He was sentenced to 4 years & 6 months of jail time. He was Convicted of special assault and attempted public arson.

There was no attempted murder charge, for him to be convicted of attempted murder, I was told he would have had to stab me with the knife. I suffer from Post Trauma Stress Disorder (PTSD) after the incident.

I had lost all my students, I had no income and could not work anymore. I was unable to teach due to my mental status, I constantly felt vulnerable.

Later while, he was in Jail, I received a bill of indictment from him, He accused me of embezzling five million US dollars
He had went directly to a prosecutor while in Jail.
I was accused of selling the "Bee Drone" and "Gas mask" to America. I was speechless, I was blown away to the amount of lies.

I went back to Los Angeles, but housing prices went back up, with The money I had left, I could not get what I needed in a safe area. My sister had no room available, So I came back to korea.

I was struggling financially and I asked my younger sister to lend me, Three Thousand Dollars, When she was getting married, I made her husband's ring with my diamond necklace and gave her Five Thousand dollars cash as her honeymoon present, but when I needed her help with my hospital bills, she said,

I have to ask my husband and she never got back to me. I real-
ized my relationship with my siblings was very different when I
was well off.

To cover my losses, I had to file a civil suit against him, The
law counselor told me I could not handle this kind of man, so
it's better off to just go back to LA.

In my 20's, Happiest time of my life

The most happiest time of my life was when I was in my 20's

They opened a First Interstate Bank for the very first time in Korea Town In LA, So I ended up I transferred from Bank of America into Korea Town office.

I was happy working behind the desk, I would try to make each day as my run way, I love to dress up pretty each day with sense of touch. People used to say Beautiful Lady, and MaMa Sita!!

I was happy just living each day full of joy and life. I remember The branch manager told me, try for "Miss Korea in Southern Cal Beauty Contest" So I did, and I got selected, when I was 21 years old. That was a big memory of mine. after the pageant, when there was a korean day parade in K-Town, I would get on a car float adorned with flowers wearing a pretty dress and wave to people with a happy smile, people would clap and whistle.

One day one of my customer told me, He's friend just finished a Masters degree in Washington, he was 29 years old and I was only 22, He was scheduled to go back to korea and be in an arranged marriage against his wishes. He wanted me to meet him before he left to korea, So he came to LA and we met, but I felt an age gap and a difference in life styles. I thought we weren't a good match. one morning though, He left a dozen roses on my car's dashboard and called me very drunk. He was very sad to leave LA. I remember thinking what am I, to make someone this distressed, I eventually accepted his proposal, and we got married in korea.

As a wedding gift his dad gave us Half a Million Dollars, with that money we bought Liquor Store with property but I did not like this business. The hours were just too long, and it was scary to stay open late, so I had to hire employees to run the business.

One day, my father in law's business in korea got confiscated by the government. my mother's n law said, her husband was protesting in front of the president's house. My husband left to korea quickly out of concern for his dad's health, but at that time, I was pregnant, so we got separated, As the saying goes, a young married couple should not live apart for a long time.

For some reason my husband did not apply for a green card in America because of some asset matters in korea. He tried to come to America to see me with a business Visa, but in Hawaii, He got an unclear visa status matter and he was getting exiled back to korea.

I flew to Hawaii, I was 8 month pregnant at that time. I remember him being very angry for that matter and hitting the wall with his fist, leaving him with blood on his hand. I remember we slept with some big scary looking security guard in the same room.

Next morning, we flew back to korea together, but I could not stay in korea long because I had a store in LA and I was due any day.

When I had a baby boy, my father in law was jumping for joy at the news of a boy! I could hear the sounds of joy over the phone, After 100 days had passed I was able to get on a plane. Me and my baby boy went to korea to meet his family.

When I went to korea my house keeper told me that while I

am living in LA, there is a full cosmetics set on my dresser, but when I returned to korea it had disappeared.

One day I found a woman's bra between the mattress and I asked my husband who it belonged to, he replied that's yours, with a face of embarrassment. So I just let it go.

My husband was rich and he loved to drink, and naturally there were lots of women after him, He never had time for me and my boy.

I was very lonely in korea, I had no family or friends, only my husband. but he always came home after 2 AM. and left in the morning everyday, even on weekends.

My father in law however would stop by my place and spend time with me and my boy. He played a famous piano music and I remember him telling me that I am his daughter and not just a daughter in law. He always told my husband, "If you divorce Rina, You will not inherit any assets, and I will give all to a charity.

My father in law and mother in law gave me so much love.

One day my father In-law send his car with his driver and took me to Tour his building and told me that, this will be yours if you bear the Time, soon you will be 40, I was thinking how can I be 40. I am only 23 now. I did not realize how quickly time flies.

My mother in law would take me out for shopping in Kang Nam Hyun Dae Department store and buy me a designer outfits, Whenever there was a big gathering she hire a chef even though they already had house keeper and told me, "you just sit pretty, You don't have to come to the kitchen." Despite all of that, I was not happy, I was sad.

I was not receiving love from my husband, I was starting to lose weight due to a lack of appetite. I saw other couples holding hands walking together, while I was so lonely.

One day, I tried to cut my wrist. I told my son to call your grandma, and she came. She called my husband, and when he came home I remember him just walking to the bedroom without saying anything.

I knew I would regret living my life this way when I got old. So I left Korea, without telling anyone I came to LA.

When I came to LA, my young brother beat me saying that divorce was not allowed in our family. Divorce was embarrassing for our family, and so that, it's better to die, I was on the floor choking with his foot on my neck, My brother's actions reminded me of "family fame murder" Which happened in some country in the middle east.

I got so angry at my brother and I filed a restraining order against him at court.

Life goes on

Many of my friends were not married yet, we were 28 years old.

We went to a club to go dancing all night, We were still young and vibrant, I met this man, He was the same age as me. He looked very handsome and kind, We looked good together, We talked and spent the night together. eventually I got pregnant my 2nd boy.

I thought this was a sign not to go back to Korea.

I could live my life here even if I live in a van, If there was love.

This pregnancy would solve the divorce with my-x husband, and any inheritance issues from his dad without any hassle.

Word of mom

I was so longing for love because my mother had passed away, when I was only 12 years old. My dad was an alcoholic and would beat my mom when he came home drunk. He would say things like "why you only having girls instead of boys?" I was the 3rd girl of our family.

I would remember seeing her on the floor being assaulted.

In the 1970s, in korea, Domestic violence was common in the household and not prohibited by law. My mother passed away with a stroke when she was only 44 years old.

I always thought, if she chose to get a divorce, she would probably still be alive. then I would have a mother. My mother was my guardian. ever since she passed away I had no protection. My dad was drinking every night, and still alive now at age 91.

After we all immigrated to America, my dad does not drink like he used too. I became slave for labor after my mom had passed away,

I became young slave, My 4th aunt took me to her house, because she did not have a daughter, I was 12 years old. remember being covered with left over food on me, falling into a basement storage and trying to carrying an eating table for a size of 5 people. I had to do the dishes, I was her kitchen maid.

Then my 2nd uncle took me, as he was not married at that time.

He was running an English academic in ChongRo. For high school students, They were studying and sleeping living in there on a monthly bases. He took me to make food for those students if I was not good at it, He would spank me with a stick. After 2 years since my mom passed when I was 14, we got an immigrant visa from America, by my 3rd uncle's invitation, as my father was the oldest out of 4 brothers.

In the plane to USA, very first time in my life, I still remember eating a Black Olive, thinking it's a grape. I spit it out immediately, I almost vomited tasting the black olive. I had never tasted anything like that before. Now I am crazy about all kinds of olives.

My 3rd uncle worked as a miner in West Germany in year 60's.

After he saved up enough money from west Germany, He came to America, and he was running a liquor store. My 3rd uncle took me to his house to help him at the liquor store as free labor. He would open the store at 6 A.M. until 2 A.M. next day everyday even on weekends. He had a mattress in the back of store, whenever I would feel tired I would take a nap in that storage room when it's slow. one day when I was napping, I felt that he was touching me. I tried to run away from him but he caught me and I fell scratching my face and elbow in the parking lot. I ran away again and took any bus and got off wherever, and I called my home. My older sister answered and my father came to pick me up.

My uncle came to my house to take me again, but I saw my dad and uncle fighting, and my dad's nose got broken. after this incident, I started going to school from my home.

War over Child Custody

My x-husband came from korea for a child custody matter, He said, If I send my boy to Korea, He will send him to me once a year during his school vacation.

He even signed a promise note, and I thought my son could live a better life there since he has a wealthy family in Korea, but he did not keep his promise, He did not send my boy to America at all. He said he was not doing well academically in school, so he needed extra hours to study and he hired a private home teacher to catch up in the afternoon and during vacation time. He had no time to come to LA. I would cry whenever I thought of my son, I suffered from heartache, I would look up to the sky, far over the pacific ocean my boy is there, I missed my boy so much words could not express my sorrow.

One day I went to Korea, and I waited in front of his school,

He was 8 years old at that time. I waited and waited in front of the school gate, and I saw him coming out. I grabbed his hands and we took a Taxi to The U.S. Embassy. I told them, I lost his passport and I showed him his birth certificate, which I brought with me. They made him a passport right away, so I took the Taxi again to the Airport and got on an Airplane. I sat in the chair and exhaled a long breath, I was exhausted. just then I see a police man walking in the aisle toward me and stop right in front of my seat and said, we got a report for child kidnapping. I said I was his mother and showed him my son's passport but they did not care to listen and said, If I don't get off the plane, it can't take off, every body was watching me,

I came off and I saw my ex-husband standing there and took my son away from me and they left. The Airport personnel said, I couldn't leave korea even if I am a US citizen, Due to my block from Korea. I Did not know what to do or where to go, so I stayed in a hotel for 3 days and they called me from the Prosecutors's office to come in.

The prosecutor said, I just needed to wait until their decision.

After 3 days I was able to depart from Korea and came to America alone. after this incident I never thought about bringing him to me.

I went back to working at the bank again, trying hard to make my second marriage happy, but this marriage did not last long, My mother in law disliked me because I was married once before and my husband was addicted to gambling, He would borrow from everyone surrounding him to gamble, I found out too late, and I gave him all my savings thinking that he needed it for his business. He was not supporting any living expenses, One day he took my last savings to gamble, so then I left him with my 2nd boy. He was a fifth grader at that time.

My 2nd boy was an outstanding academic in school. whenever I would go for parent's meeting the teachers said to me, you have great boy, he will be a leader one day You do not have to worry about him.

He got a scholarship offer from an university far from where we lived so he refused. He didn't wanna leave the city, so he went to UCI and graduated studying in Medicine. I raised him alone without any child support. That was a tough time for me to live as a single mom without any financial help.

Everyday can't be happy but there were things that I could still feel happy about, Happiness is not a feeling, It's a choice!

I just felt happy, whenever I do kind things to others.

Happiness Start

Finally my 1st son is coming to Canada for his high school, He is coming a little closer to me, His father found a director who has success with other kids from korea in to Canada and turn them into an honor student. My ex-husband made a contract with him to manage my 1st son for his high school year. but when I went to see him in Canada, He did not look normal, He was only asking for money, his mind was elsewhere and later, I found out he was addicted to drugs. I wrote a letter to his father, If you leave him here like this he will end up dead and I said maybe it's a better choice to send him to the military in korea to change, So even though he was a US citizen, He served the Marine Corps in South Korea. After he finished the Marine Corp, He's dad finally decided to send him to me. I said my dream is finally coming true I got to live with my two boys in a dream house.

"Risk is a chance."

At that time due to the mortgage crisis, I was able to buy an $800,000.00 house for $350,000.00. My long time dream was to live in a big house with my two boys.

It was a 3,700 SQ FT house with 5 Bedrooms, 5 Baths, 2 living rooms, and 2 Family rooms, I even went to Mexico to buy a rock table for the outside patio, a Pool table for my boys, and baby grand piano.

We had an Exercise Machine for the workout room, all new furniture for my son's room. I finally got all the things I wanted and live my life full with happiness.

After 3 or 4 good years, they all left for school or their direction for their life, that's when I came to korea, my plan was to live in korea just for 3 years and go back to America, but life did not turn out the way I planned.

I feel happy again, my memories of my past traumas are getting lighter and now I am doing things, such as Yoga, and Flying Yoga, and walking my dog everyday. I started doing flying yoga, because it's hard for my age, I want to focus and concentrated, whenever I concentrate on something difficult, my pain memories become temporary, They said "Karma and transmigration" is in Buddhism as well as in Yoga.

We are all a part of nature, and we will all go back someday into nature, Enjoy the Beauty of nature and the joy of life, it's our freedom to choose.

Now, I do flying yoga because it's fun, circus movement, dropping and turning, it's still not easy but now I am doing it because it's fun. and I have enough good people surrounding me.

Now, I am working as translator, Interpreter for Investigation and law issues matter in Korea Police Division for english speaking foreigners, I visit the Human civil rights department, Prosecution office, Police Dept, Jail, SOFA, Railroad police, Court, Highway Police Dept, Interpol, And International Interpretation for arrest cooperation, I now go to places that I was not familiar with before by doing this job I can feel myself getting stronger and being less fearful. When I start Investigations I must advice before Interrogations.

"You have the right to remain in silence any statement you make can or will be use as evidence in the court, you have the right to consult The lawyer through out the interrogation"

I try to interpret every word or gesture, they express, I am like a mirror for both questioner and foreigner, I must say exactly how and what they say, while keeping in mind my duty of neutrality.

I feel great satisfaction from my work when a foreigner can go home with a sense of ease, and having all the things they wanted to have said in a foreign country.

I hope there is no one wrongfully accused because of a language deficit.

I thought about Heinrich's Law "every incident that causes a major injury of fatality, give us many little signs or symptoms.

Do not ignore little things or little signs, It's telling you, Stop or Pause and be cautions, What If I listened, when others tried warning me, What If I was a bit more cautious? I could not had to go through this violent crime as a victim. But luckily, I survived.

Thanks to all the people who helped me to live my life time a little bit longer....

상처는 시간으로 아물지만
기억은 저장되어 있다

1판 1쇄 발행 2022년 6월 17일

저자 김리나

교정 윤혜원 **편집** 문서아
마케팅 박가영 **총괄** 신선미

펴낸곳 하움출판사 **펴낸이** 문현광

이메일 haum1000@naver.com **홈페이지** haum.kr
블로그 blog.naver.com/haum1000 **인스타그램** @haum1007

ISBN 979-11-6440-182-6 (03180)